KB210758

나는 어디로
가나

법산경일 스님

백산출판사

머리말

날마다 금강반야의 지혜를 터득하기 위해
금강경을 독송하고
푸른 산을 보면서
산색에 물들고

꽃을 보면 향기를 담아
마음의 미소 지으며
관세음보살을 눈에 담아
편안한 마음으로 살아가고 있습니다.

시상이 떠오를 때 작은 종이에 하나둘 적어두면서 사진과 함께 두 번째
시집을 상재하게 되었습니다. "나는 어디로 가나" 시집을 만들어 주신 백산
출판사 진욱상 회장님과 편집에 수고하신 분들과 시를 고르고 사진을 적절
하게 배정한 한솔 불자 등 신심과 좋은 인연 감사드리며, 꽃 같은 미소
관음보살의 자비로운 향기 충만하시기를 축원드립니다.

항마진언으로 무명업식 소멸하고
광명진언 외우며 금강반야 피워서
자비 미소로 극락정토 이루고져.

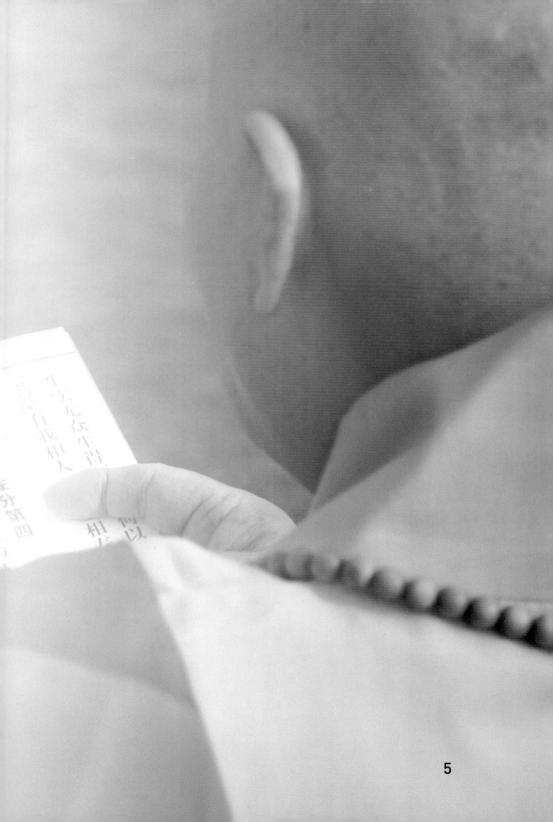

5

차
례

나는 어디로 가나

1부

9

놓아버리자

6부

13

1부

나는
어디로 가나

고운 님 감춘 듯 아름다운 그 미소
온 생명의 마음으로 이랬으면
좋겠네.

눈꽃

새벽 종송 소리에 문을 열어보니
소리 없이 온 산 가득한 눈꽃
차가운 듯 푸근한 솜 같은 그 모습
청산은 어디 가고 백설 산이 되었네

푸른 솔도 하얀 옷 입고
봄을 여는 매화 가지에도
멋쟁이 목련 나무에도
보송보송 깨끗한 눈꽃 피었네

밤새 소리 없이 내린 하얀 눈꽃
천하를 한 폭의 이불로 덮고
고운 님 감춘 듯 아름다운 그 미소
온 생명의 마음으로 이랬으면 좋겠네.

가랑잎 노래

영하의 겨울밤
삼경이 지나 소등한
산방의 뜨락 어두운 틈으로
들려오는 소리

누군가 대지를 밟고 지나가는 듯
알 수 없는 울림
설익은 잠 깨우고
가끔 귀에 익은 소리

가랑잎 구르며
불러주는 마음의 소나타
다시 기다리고 감상하며
가만히 잠을 청한다.

나는 어디로 가나

밤새 하얀 눈이 내려
온 산천을 흰 천으로 덮고
무심한 새벽달은 구름 따라 흐르고
차디찬 바람은 콧살을 여미네

오롯이 앉아 조는 듯 가냘픈 시선
텅 빈 허공을 헤매는 나그네
낡아가는 세포를 부둥켜안고
어디로 가고 있는가

나는 누구인가
나는 무엇인가
하얀 눈 덮인다고 큰 산이 가려지나
검은 구름 걷히는 날 옛 거울 빛나리라.

가노라 오직 이 길을!

눈이 오는 날
바람이 부는 날
비가 내리는 날
햇빛이 쏟아지는 날
이제나 저제나 기다림 없이
찾아가는 길

지나온 길 돌아보지 않고
나아갈 길 멀다 않고
오직 묵묵히 걸어갈 뿐
가만가만 다듬고 오롯이 깨우며
혼자라도 외롭지 않게
여럿이라도 시끄럽지 않게
부지런히 꾸준히 걸어가노라.

아름다운 세상

아름다운 세상
언제 이 세상이
아름답지 않았던가
세상은 항상 아름다운 것을

차가운 눈을 헤집고
빠알간 미소로 피어나는 매화
나뭇가지에 앉아 향기를 노래하는
작고 귀여운 산새

싸늘한 겨울을 밀치고
따스한 봄빛 찾아
하늘의 뜬구름 밀고 가는
부드러운 산들바람

혹한을 인내하며
아름다운 세상에 피어날
메마른 나뭇가지마다
반짝이는 생명의 눈동자

한마음 커튼을 젖히면
본래 아름다운 세상인 것을
초생달 그믐달
본래 둘 아닌 것을

한겨울 닫혀졌던
창문을 활짝 열며
대자연의 아름다운
세상을 향하여

탐착에 갇힌 마음을
말끔히 비우고
들꽃처럼 아름답게
산새처럼 자유롭게

평화로운 세상을 살아요.

南山 古鏡

蒼空本來寂
古鏡無有痕
南山春風來
花歌鳥舞樂

푸른 하늘 본래 고요하고
옛 거울 자취 없는데
남산에 봄바람 부니
꽃은 노래하고 새는 춤추네.

새벽

고요한 새벽
옛 거울은 샛별*에 빛나고
고라니 소리
선승의 졸음을 깨우네

원각산에 우뚝한 무우수
새벽 달빛에 졸고
마른 풀숲에 기지개 켜는 산새
동산에 메아리 되어 울리네

* 새벽 동쪽 하늘에 반짝이는 금성, 금성을 순우리말로 부르는 이름이
'개밥바라기' 또는 '샛별'이라고 한다.

입승의 방선죽비 삼성
선승의 가부좌 풀고
천장에 매달린 등불
명등의 一捧에 꺼져갔네.

옛 거울

어둠 깨고 닫힌 창문 안으로
들려오는 빗소리
밤비 마중물 되어
겨울 내내 꼭 감은 매화 눈
부스스 비비고 깨어나려나

옛 거울 찾아가는 선객
눈 내리던 차가운 새벽
어느새 봄을 맞이하는 빗소리
벌써 입승의 손을 떠나려는 죽비
빗소리 장단 맞춰 울리네

칠흑 같은 밤
살이 에이는 추위에 떨지 않고
항상 매(昧) 하지 않고
맑고 투명한 옛 거울
어디에 꼭꼭 숨어있는가

백운에 덮인 지리산
아침 햇살 여여한 청산일세
시냇물 소리 얼음을 깨고
버들강아지 털옷을 손질하고
환한 미소로 깨어나려나

지리산 남산사 고경선원
동안거 해제를 맞아
떠날 걸망을 챙겨서
언제 다시 올지 모르는
옛 거울을 올려다보네.

역류(逆流)

넘침은 부족함만 못하고
저수지의 물이 넘치면
둑이 무너지기 쉽고
물동이에 물이 가득하면
동이가 위태롭네

동지(冬至)는 밤의 극점이요
하지(夏至)는 낮의 극점이라
오직 순간일 뿐
역방향일까
순방향일까

과식도 역효과요
과욕도 역반응이라
화무십일홍(花無十日紅)이요
달도 차면 기우나니
극점은 역류의 순경(順境).

36

들꽃

번개가 쳐도 두려워 않고
천둥이 울려도 그 자리
눈이 내리면 미소 띠우고
비가 오면 화사한 얼굴로
바람이 불면 춤을 추고
밤이거나 낮이거나

인연 따라 함께 하는
모든 생명에게 기쁨을 주고
언제나 자비 보시를 실천하는
그대는 진정
천상의 성자요
천하의 보살이로소이다

과거의 들꽃 부처님
현재의 들꽃 부처님
미래의 들꽃 부처님
그대의 아름다운 미소
그대의 향기로운 마음
내 자성의 꽃 피우오리다.

39

먹구름 지나간 자리

유월의 마지막 날
짙은 녹음에 검푸른 청산
번개로 하얀 밤이 지나간 뒤
천둥이 크게 울리고 갔다

먹구름에 담긴 시름
소나기 되어 쏟아지고 나니
무엇엔가 떠밀려 떠나가고
황금빛 새벽하늘 밝게 비추네.

적막

적막한 백담사
어둠이 가득한 새벽
사미승 목탁 채 터지는 사자후
무명의 업식이 연멸(烟滅)되어 간다

가을의 초입
설악의 잎새 내공을 쌓고
푸른 잎 붉은 마음
가랑잎 되어 떠나리

밤새 쉬지 않고 흐르는 냇물
영겁을 두고 변함없는 저 소리
무명업식(無明業識) 씻으라는 무상의 노래
듣고 있는가?

입동에 내리는 비

창밖에 비가 내리네
새벽 어둠을 깨우며
어제 立冬을 지나
초겨울의 문턱을 넘어서
가만히 낙엽을 쓰다듬어
미끄러지듯 흐르는 빗물

흙을 적시고
돌을 씻으며
맑은 시냇물 되어 가네
열심히 소리 내며 흐르던 물
넓은 강 만나
더 넓은 바다에 흘러들어
一味의 바닷물 되리

저 새벽 비도
어둠을 깨우고
찰나의 멈춤 없이 정진하는데

빗소리 듣는
나의 무명 업식
언제 깨어나려나?
일어나라
깨어나라.

메마른 가지에 진주

비가 그친 아침
메마른 나뭇가지 끝마다
조롱조롱 진주 구슬
옅은 안개 걷히면
보이는
살짝 짓는 미소.

2부

___

단상

석불의 미소

기해년 첫날 아침
처음 만난 돌부처
햇살 받은 실눈썹
시선 마주치는 순간

아침 연못에서 만나는 연봉
천지를 깨우는 번개 같은 미소

바로 여기 이 자리
우담바라 꽃 피우고
내 마음 반야의 미소
합장하는 연화의 향기로세.

51

홍매화를 기다리며

어둠을 깨우며
아름다운 햇살 받아
해맑게 피어나는
당신의 미소

찬서리 맞으며
눈보라 몰아쳐도
불굴의 신념으로
붉게 터질 미소

영겁을 두고두고
피우고 또 피워도
변함없이 아름다운
홍매의 미소여.

53

설날 단상

三界唯心(삼계유심)
萬法唯識(만법유식)
一切無碍(일체무애)
即得涅槃(즉득열반)

세상사 오직 마음
만법은 인식하기
일체에 걸림 없으면
바로 열반 이루리.

솔잎에 열린 구슬

새벽부터
어둠을 깨우며
안개 속 내리는
우수의 감로 비
메마른 나뭇가지
사뿐사뿐 매만지듯
내리는 봄비

고운 매화꽃
시샘하듯 씻어내리고
찬서리에 시달리던
솔잎 끝에 조롱조롱
영롱한 수정 구슬
내 마음에 고이 담아
반야의 등불 삼고지고.

58

운문산 석골사 관음보살

아침 안개 헤치고
하얀 목련 피어나듯
白衣觀音 나투셨네

검은 바위 쪼아내어
자비보살 현신하듯
自性觀音 나투셨네

푸른 솔 아래
진달래꽃 붉게 피고
石骨水 노래하네.

구름

넓고 넓은 광야
걸림 없이 흐르는 구름
진정 자유자재로운가

검은 구름
하얀 구름
새털 구름
뭉개 구름

진정 자유로운가?

60

산을 만나 안개가 되고
바다에 뜨면 해무가 되는데
진정 자재로운가?

텅 빈 허공을 날고 있지만
태양 빛을 따르지 않을 수 없고
바람의 속도를 피할 수 없고
땅의 인연 어쩔 수 없는데
구름이 어찌 자유롭다 하리요
난들 어이 시절 인연 저버릴 수 있으랴.

가을 아침

한산한 가을
구월의 아침

햇살을 기다리는
솔잎 끝 이슬

잠시 쉬어 가는
생명일지라도

제법실상(諸法實相)의 묘법
옛 거울에

반야의 자비 광명
빛나리.

63

霜月禪院

조계선풍하처멱(曹溪禪風何處覓)
상림독좌투조관(霜林獨座透祖關)
월촉운권조대천(月燭雲卷照大千)
념화미소즉차재(拈花微笑卽此在)

조계 선풍 어디서 찾으랴
서릿발 속 오롯이 앉아 조사관을 뚫어라
달빛 구름 걷고 대천세계 빛나리니
염화미소는 바로 이 자리에서.

비로정상 청정심

화엄의 바다에 뜬
영축의 만다라
비로정상에 꽃구름 놀고
통도 적멸에 옛 거울 빛나도다

소설(小雪)에 내린 새벽 비
가랑잎 잠재우고
무풍한송은 여명에 미미소
통도천 찬 거울에 샛별 더욱 고와라

오라! 여기 무량수 화엄바다
보라! 이곳 무량광 정토세계
열어라! 무명업식의 빗장을
날리자! 비로정상에 청정자성 깃발을.

3부
―――
호수에
노는
달처럼

섣달그믐 밤

어둡고 캄캄한
섣달그믐 밤
아무리 짙게 어두워도
새벽을 이기지 못하리

춥고 매서운 겨울
메마른 나뭇가지
소리 나게 몰아쳐도
입춘 골목은 피할 수 없으리

누구나 고난의 인생
괴롭고 슬프다지만
굳은 의지로 인내하면
극복하지 못할 역경 없으리

기다리지 말고
서성이지 않고
양심(良心)대로 갈 때
따뜻한 햇살 반겨 주리라.

홍매화 미소 1

가질 것도 없고
버릴 것도 없어
뜬구름 부러울 것 없고
흐르는 시냇물 따를 것 없어

머물 수도 없고
떠날 수도 없고
겨울 찬 바람 싫어할 것 없고
따스한 봄바람 즐겨할 것 없네

온다고 반길쏘냐
간다고 섭섭하랴
마른 가지 봄빛 오니
홍매화 미소 법계를 깨우네.

매화의 미소

새벽이슬이 맺힌다고 기뻐하고
떨어진다고 슬퍼하랴

이런들 어떠하며
저런들 어떠하리

만나면 반갑다 손잡고
떠날 때 손 흔들며 미소

작설차 찻잔에
매화(梅花) 한 송이

마음의 향훈
미소로 피어나리.

봄날 청산

이른 봄날
아침 안개 지나가고
푸른 잎 피어나는 청산을 보며
겨우내 빼빼 마른 가지에도
이런 희망이 있었구려

노송 굽은 허리 사이로
아침 햇살 받으며
노랗게 피어나는 산수유 보며
한겨울 눈서리 견디고
밝은 미소 활짝 짓누나

자연은 이처럼
매서운 겨울을 견디고
푸른 희망과 환한 미소를 주는데
만물의 영장이라는 인간은
왜 이렇게 불만의 아우성인가.

따스한 봄바람
예쁜 꽃 탐하지 않고
아침 이슬 풀잎도
슬퍼하지 않는데
왜 인간만이 소유하려 하는가?

병이 선지식

병(病) 없기를 바라지 말자.

병이 있으므로 자신을 돌아볼 수 있다.

병이 있기에 스스로 겸손할 수 있다.

병이 있으므로 참회하여 업장이 소멸될 수 있다.

병이 있으므로 출입을 자제할 수 있다.

병이 있으므로 행동을 남용하지 않는다.

병이 있으므로 말을 조심할 수 있다.

병이 있으므로 인내할 수 있다.

병이 있으므로 탐욕을 자제할 수 있다.

병이 있으므로 성질을 자제할 수 있다.

병이 있으므로 기도하여 마음을 정갈히 할 수 있다.

제비꽃 미소

따스한 봄이 오면
마른풀 헤집고 고개 들어
고운 님 기다리듯
단장하고
수줍은 듯
환한 미소로 피어나는
예쁜 제비꽃

해마다 약속한 그대로
찾아오는 제비꽃
가만히 보고 있노라면
미소로 피어나는 듯
살며시 부는 봄바람
향기 실어 보내오니
잠시 머금어 보소서.

홍매화 미소 2

靈鷲拈花示上機(영축염화시상기)
千佛萬祖不可說(천불만조불가설)
慈藏洞川聽雅音(자장동천청아음)
問於通度紅梅花(문어통도홍매화)

영축산 영산회상 꽃 들어 보인 최상 근기
천 부처 만 조사 가히 말할 수 없어
자장동천에 흐르는 청아한 물소리 듣고
통도사 홍매화에게 참 소식 들어보소.

불가지(不呵之)

꾸짖을 것 있나
무엇을 탓하고
누구를 꾸짖으랴

내 마음에 안 든다고
내 뜻에 거슬린다고
성질부릴 것 있나?

내 마음에 거역하는
바로 그것이 무엇인가?
이것이 문제일 뿐.

84

걸레의 공덕

세상에 걸레보다 소중한 것 있나요?
값으로야 비단이 비싸겠지만
비단은 겉치레일 뿐

값싸고 떨어진 걸레지만
더러운 것 닦아 주고
청결하게 해주는 소중한 반려자

비단옷 없어도 행복할 수 있지만
걸레가 없으면 깨끗해질 수 없으므로
청정의 자성을 돌이켜 주는 걸레

방바닥 마룻바닥 깨끗이 닦아주고
누울 자리 앉을 자리 닦아주는
청결한 걸레의 공덕이여!

大道無門

허공경계비사량(虛空境界非思量)
대도무문역불측(大道無門亦不測)
천초만화제불신(千草萬花諸佛身)
송풍천성광장설(松風泉聲廣長舌)

허공의 경계는 헤아릴 수 없고
대도는 문이 없어 측량할 수 없네
세상 가득한 풀잎과 꽃 부처님 법신이요
솔바람 샘물 소리 한량없는 법문일세.

태평가 불러보세

소나기 쏟아지는 소리
먹구름 깨어지는 찰나
은산철벽 무너져라
화두철퇴 내려치자

번개치는 뇌성벽락
천하를 후려치듯
오온산 박살 내고
태평가 불러보세.

사랑받는 사람

사랑 베푸는 사람이라야 사랑을 받고
배려할 수 있는 사람이라야 존경받고
이익을 나눌 수 있을 때 행복하니
나는 지금 무엇을 하고 있는가

돌아가지 말고
탓하지 말고
이 순간 분별심 내려놓고
오직 본래 자성청정심(自性清淨心)으로 돌아가자.

이뭣고?

연꽃은 어디에

아름다운 연꽃
향기로운 연잎
연뿌리 속을 찾아도
볼 수 없고
들을 수 없네

그토록 고운 연꽃
연뿌리를 찾을 수 없어
연꽃 피우는 연뿌리
둘이 아니요
하나도 아닐세

연꽃 향기 아는 마음
연꽃 고움을 아는 마음
연꽃 같은 내 마음
내 마음의 연꽃이 있을까
내 마음 연꽃 피어보세.

파랑새 찾아

관음의 노래
파도에 사무치고
해조음 운율
바람 타고 나르네

파랑새 미소
노송에 깃들이고
백화의 향운
먼동에 나부끼네

간밤에 꿈
달빛에 씻겨 가고
안개 걷힌 청산
청담에서 노니네.

호수에 노는 달처럼

달님 호수에 내려앉아도
물결 일어나지 않고
달빛 창문에 드리워도
창살 밀어내지 않네

부처님 마음에 앉아도
내 마음 무겁지 않고
푸른 산 한눈에 들어와도
눈 아프지 않네

아침 햇살에 한마음 활짝 열고
맑은 냇물로 오염심 말끔히 씻고
푸른 하늘에 반야의 등불 밝혀
무가애 무가애 태평가 불러보세.

4부

자유는
나로부터

순간의 소유

떠가는 구름을 보라
흐르는 시냇물을 보라
찰나의 멈춤 없는데

청산의 푸른 잎을 보라
뜰앞에 피는 꽃을 보라
잠시도 쉬지 않는 것을

어릴 적 사진을 보라
아침에 거울을 보라
어떻게 변하고 있는가

가질 것은 무엇이며
버릴 것은 무엇인가
가만히 물어보라

찰나도 머물지 않는 시간
순간도 멈추지 않는 변화
무엇을 탐착하랴

오직 형상 없는 그 마음
오직 걸림 없는 청정심
변함없는 내 자성.

죽어야 산다

내가 죽어야
내가 산다
나의 욕심은
본래 내 마음이 아니다
나의 분노심은
본래 없던 파장일 뿐

나를 버리면
내가 행복하다
나라는 착상
본래 내 것 아니다
내 마음의 철벽
본래 없던 허상일 뿐

선악의 장벽
깡그리 부숴버려라
좌우 분별심
본래 내 맘 아니니
나(我)라는 상이 철거되면
열반은 바로 여기리라.

무엇을 탐착하랴

모래산을 딛고
남겨진 발자국
어둠이 짙은 밤
별빛 쏟아지는 순간

형상 없이 찾아온 바람
소리 비로 쓸고 간 자리
흔적 없이 사라진 발자국
어디서 찾을 수 있으랴

본래 텅 빈 자리
홀연히 생겨난 색상
무엇을 탐착하고
어디에 의탁하려는가?

구월의 노래

구월
푸른 잎
수줍은 듯
얼굴 발그스레

하얀 벼꽃
밝은 미소로
농부의 땀
닦아주는 정겨움

알밤 영글어 가는 소리
단감 단맛 내기 바쁜 몸짓
뜨거운 햇살 아낌없이 뿌리는
분주한 구월

어느새 얼굴 붉히고 있는
멀리 앞산을 바라보니
구월 가을에 접어든 마음
혼자 읊조려 보네.

자유는 나로부터

누가 나를 묶었는가
나는 묶인 바 없는데
나를 풀어 줄 자 누구인가?

홍시 따는 아이

가을이 익어 가는 날 오후
남해고속도로 진영 휴게소에서 만난
홍시 따는 아이
군침 머금고 기다리는 엄마

추억이 되살아나는 순간
멍하니 하나 된 듯
햇살에 부딪치는 가을바람
볼을 간질으며 지나가네

아이를 뒤로하고 돌아왔지만
마음에 담긴 아기와 엄마 미소
없었던 게 또 하나 생겼네
허허 그냥 바람에 실어 보낼걸.

의상대

바라보면 망망대해
짙푸른 파도만 일렁이고
들여다보면 성성적적
향수해(香水海) 수미정상이런가

화엄의 찬란한 바다
법성의 원융한 광명
비바람 휘몰아쳐도
애당초 부동의 자리

초롱초롱 안광의 등대
은빛 물결에 빛나고
천 개의 인드라 매듭마다
니르바나 노래 허공에 사무치네

의상대(義相臺)에 우뚝 서서
망망대해를 바라보며
의상대사의 숨결에 싸여
홍연화 향기에 젖었나.

추석 달

가을 저녁 달
한가위 둥근 달
언제부터 보름달이던가
언제부터 찌그러진 달이었던가

초생달이 왜 쪽달이며
하현달이 어찌 반달이던가
위치 따라 가려질 뿐이고
시간 따라 줄어든 것뿐

시려오는 가을밤
시냇물에 흐르는 달
고요한 호수에 잠긴 달
차가운 밤바다에 춤추는 달

불그레한 산빛을 뚫고
소리 없이 앞산에 뜨는 달
토끼는 방아 찧고
항아(姮娥)는 송편 빚는 밤

새벽달 지기 전에
모락모락 김 나는 송편
옥쟁반에 올려놓고
기도하는 달빛 같은 고운 마음

세상 갈등일랑 달빛에 부서지고
생명들 온갖 병고 달빛에 씻겨지고
인생사 걱정근심 어둠 속에 묻어 버리고
시냇물 몰현금에 태평가 불러보세.

아름다운 내 마음

어제 오후
성림(成林)스님 방문 앞
작은 화분에 핀 난초꽃
그 아름다운 자태

가느다란 목
길게 밀어 올려
청초하게 핀 난초꽃
짧은 순간의 아름다움

꽃의 미소를 그대로
내 마음에 담아
눈 속에 가만히 담아 두었다가
날 보는 이에게 향기 전하리.

꽁초의 죄

꽁초는
귀한 것인가
천한 것인가
꽁초는 본래
귀중한 입술에 놀고
소중한 손끝에 놀았다

담배로 태어나
빈부귀천 없이 즐기고
주머니 속에서 즐기더니
재떨이에 허리가 꺾어지고
땅바닥에 밟히어 뭉개져
천하게 버려지네

담배는 본래 무심이건만
피우는 사람이 한껏 즐기고는
무참히 버려진 신세로세
그토록 사랑하던 담배
이렇게 짓밟힌 꽁초
원망은 않겠지만

버리는 양심
밟아 뭉개는 인심
무심히 바라보는 꽁초의 심정
이것이 인생사라면
얼굴을 들어 올려 하늘을 보고
자기 침을 뱉어 보자.

말

말은
입으로 한다
귀는
말을 듣는다

입안
다 뒤져도 말은 없다
귓속
다 찾아도 말 담긴 곳 없다

말
어디서 왔다가
어디로 갔는가
실체가 있는가

망상이 만들어 낸 장난
버려라 버려 버려라
훨훨 버리면
청정한 자성 드러나리

해탈도 열반도
말할 것 없다
어디에도 걸림 없는
본래 그 자리.

청산은 변함이 없는가

늘 푸른 산
어제도 푸르고
오늘도 푸르고
내일도 푸르겠지

청산에 물어봐
어제 그대로 오늘도 푸르고
내일도 그대로 갈 것인지

멀리서 찾지 말라
자네 거울을 보고
거울에 비친 그 얼굴에 물어봐

청산에 눈 맞추고
긴 한숨 쉬고
아직도 그대로인가?

생각해 봐

꺾어지는 꽃이
꺾이고 싶겠는가
부서지는 낙엽이
밟히고 싶겠는가

세상에 어느 생명이
죽음을 바라는 자 있겠는가
남의 생명 무시하고
어찌 내 생명이 영원하랴

너로 더불어
내가 행복한 것
서로 의지하며 살듯이
책 속에 낙엽 한 잎 넣어보자.

121

아무리 좋아도

아무리 좋아도
가져가지 못하고

아무리 귀중해도
가져가지 못하고

아무리 많아도
모두 지닐 수 없고

아무리 사랑해도
함께 갈 수 없고

아무리 친해도
같이 갈 수 없네

소유는 다 부질없는 것
한 생각 내려놓으면 편하지요

천당 극락에는
소유권이 없겠지요?

낙엽

나는 왜
이렇게 떨어져야 하나

나는 왜
이렇게 바람에 떠밀려야 하나

나는 왜
이렇게 짓밟혀 부서져야 하나

나는 왜
이렇게 물에 떠내려가야 하나

나는 왜
이렇게 불에 태워져야 하나

본래 귀여운 떡잎으로 피어나
나무를 윤택하게 하고

열매도 맺고 익혀
아낌없는 봉사를 했는데

바람 소리에 떨어져 지금
땅바닥에 뒹구는 신세

미련도 원한도 없이
훌훌히 떠나노라.

126

시월의 마지막 날

시월의 마지막 날
소리 없이 떨어진 낙엽 속으로
손 흔들 겨를도 없이 사라져 가네

밤하늘에 보름달 띄우고
찬 이슬에 낙엽 잠재우며
서서히 적막 속으로 사라져 가네

기다릴 수 없는 시월의 마지막 밤
다시 못 올 추억 속으로
달빛 싣고 멀어져 가네.

보이는 것

눈을 감아도 보이는 것
귀를 막아도 들리는 것
보아도 안 보이는 것
들어도 알 수 없는 것

밤새 걸어도 발은 그대로
종일 들어도 아는 것 없네
모두가 환상인 것을
착상 분별 버리지 못하네

에라 모르겠다
알아서 무엇하랴!

향기

꽃향기
날아오는 곳

내 마음
향기를 찾아.

가을을 지나며

가을의 초목
가을의 결실
가을의 인생
어디로 가고 있을까

가을 하늘의 하얀 구름
가을 아침의 찬서리
가을 창밖에 내리는 비
같은 듯 다른 듯

알밤 줍는 가을
고춧잎 따는 가을
고구마 캐는 가을
거두어 어디로 가는가

마음에 그리는 가을
몸에 담겨가는 가을
따끈한 유자차 들고
후후 부는 나는 어디로?

132

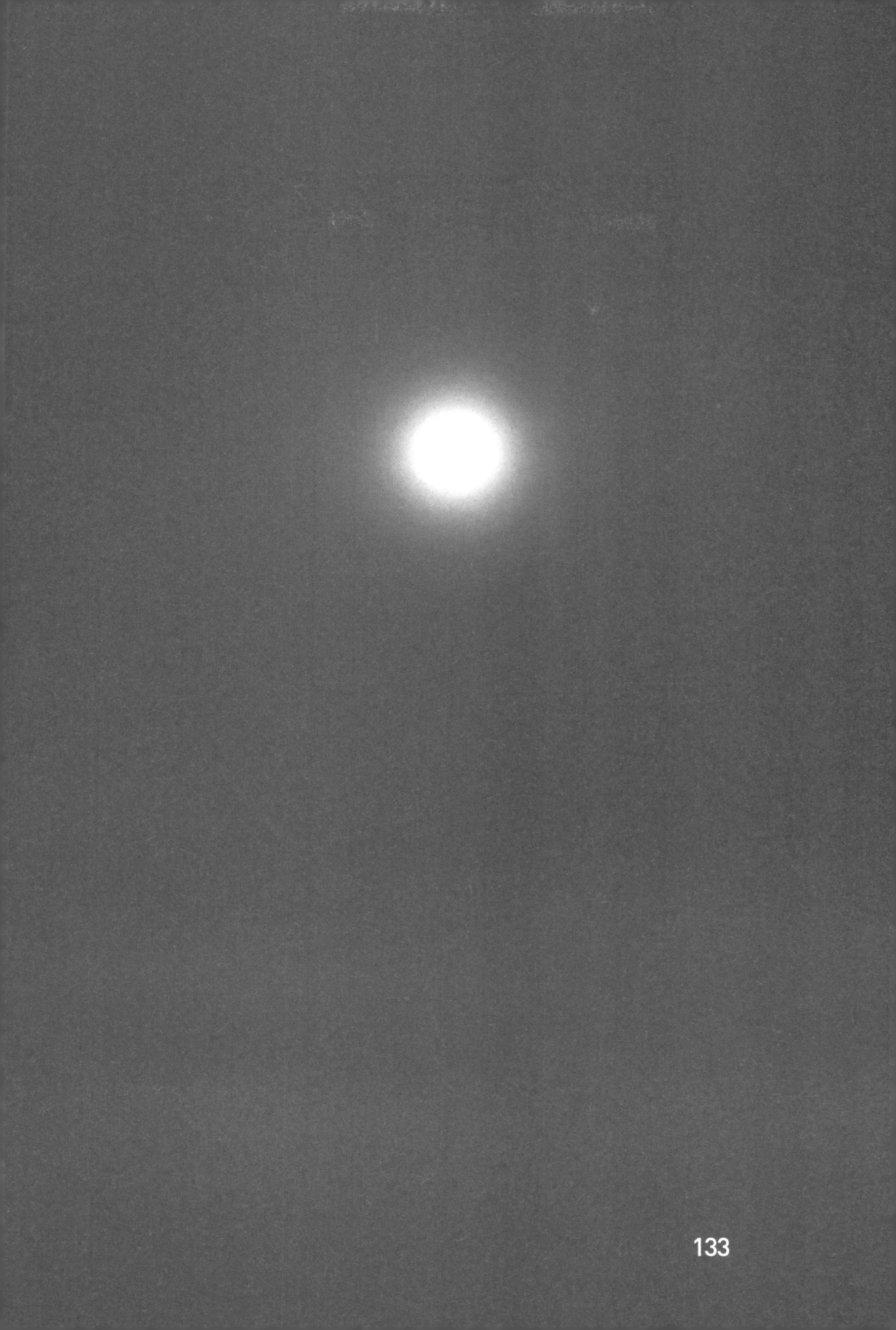

도라지꽃

너는 내 속에
나는 너에게
너 없이 내가 없고
나 없이 너도 없지

네 속에
내가 쉬고
내 품에서
네가 생겨났지

도라지꽃
떨어진 씨방
그 생명 쉬는 곳
지하일까 지상일까?

시탑 폭포

만고강산 깊은 계곡
허공을 울리고
산천을 춤추게 하는
천하선경(天下仙境)을 아는가

명경지수(明鏡止水) 맑은 냇물
반석에 숨 고르고
절벽에 쏟아지는
천하절경이 예 있었네

영축산 서출동류(西出東流)
서운(瑞雲) 서린 옥련 샘물
백연 향기 피어나는
시탑폭포 여깄잖소.

탑전(塔殿)

통도사 적멸보궁
금강계단 청정보탑
사자목 5층석탑
또 하나의 적멸보궁

황룡사 9층목탑
몽고난에 소멸돼도
석가여래 정골사리
국난극복 민심안정

바로 여기 2과 모셔
제2의 적멸보궁
사자목에 나투시네
영축성지 보배로세

동자승 목탁 소리
새벽하늘 진동하니
노송은 퉁소 불고
쌍사자 눈을 번쩍

나무석가모니불
나무석가모니불
나무시아본사 석가모니불.

없던 꽃

내려갈 때
없던 꽃

올라올 때
보았네.

해상력 문제있습니다

139

어디로 가나?

먼동 트는 뒤편
밝아 오는 태양
노송 사이로
아침 안개 피어오르네

풀잎 맺힌 새벽이슬
아침 햇살 영롱하나
눈 깜짝할 사이 떨어지고
미소 짓는 나팔꽃

140

해를 삼킨 서산 넘어
뜬구름에 황금빛 어리면
돌아갈 길 머나먼 길손
애처로운 한숨이여!

5부

마음의
향기

시작 없는 시작

첫날
붉은 태양은 동쪽 하늘 깨고
솟아올랐다
사람만이 지르는 환호성

산천초목이 환하게 밝아지며
모든 생명이 기지개 펴고
새로운 변화의 몸짓
천지를 진동한다

무엇을 걱정하는가?
어둠이 깨어져 버리듯
무명업식을 싹 쓸어 버려라
티 없는 거울처럼.

145

거리 두기 미학

꽃을 아름답게 보려거든
사물과 거리를 두고 보자
사무치게 아름다운 것일지라도
얼굴에 대고 보면 안 보이니

사랑하는 대상일수록
적당한 거리를 두고 보자
애타게 사랑스러운 것일지라도
소유하는 순간부터 허물이 보이니

사랑은 소유하는 것이 아니고
사랑할수록 베풀고 봉사하자
애착의 상처만큼 아픔은 더해져
꽃가지를 잡는 순간 시들어 버린다.

황새가 왔어요

황새가 왔어요
강남 갔던 철새
입춘 봄빛을 가득 안고
고향 찾아왔네요

황새가 노래하네요
까르륵까르륵 소리 내며
입추 가을빛 따라갔다가
입춘에 돌아와 인사하네요

봉황산을 날아서 돌며
학림사 부처님께
넙죽 절하고
고향 그리워서 왔대요.

* 남해읍 봉전 봉황산 학림사 대웅전 뒷산 푸른 봄빛을 싣고 입춘에 날아와 옛집을 수리해 사랑방 꾸미고 알 낳고 새끼가 태어나면 완벽한 황새로 살 수 있도록 교육하여 정답게 노닐다가 입추에 따뜻한 삶의 터전으로 날아간다. 어느 곳인지 따뜻하게 노닐다가 추운 한겨울 지나면 쌍쌍이 짝지어 고향 찾아오는 황새들은 어떤 달력을 머리에 지니고 이처럼 정확하게 입춘에 돌아오고 입추에 돌아가는지?

재운중법산적(在雲中-法山寂)

일체세간재운중(一切世間在雲中)
언사불이법산적(言辭不離法山寂)
명월본유백운외(明月本遊白雲外)
청풍무유하호정(淸風無有何湖淨)

세상사 모두가 구름 같은걸
분분한 언설도 진리로 돌아가면 고요할 뿐
밝은 달은 본시 구름 밖에 놀지만
맑은 바람 없다면 어찌 호수의 마음 알리오?

*송재운 교수와 동국대학교에 함께 재직하며 정년퇴직 후에도 늘 교우하면서 출가
재가를 넘어 불제자로 한국불교 발전을 염원하고 있다. 거처는 멀어도 마음은 함께
해가며 저물어 가는 황혼을 벗 삼아 법산경일이 시를 노래하면 재운이 신고, 이슬
비처럼 뿌려서 보는 인연들이 함께 즐겨 노닐고 있다. 마침 간밤 꿈에 송교수를 만났
는데 한 생각 일어나 인연송을 지어 송 교수께 보냈다.

우수

차가운 봄비
겨우내 움츠렸던
나뭇가지 매듭을 적시고
메마른 흙을 적셔 주네

봄바람 나뭇가지 흔들어
기지개 피우고
새싹 틔우고
겨우내 잠자던 생명
눈 비비며 눈곱 떼어 주네

생명 깨우는 우수
대지의 일체 색상
형형색색(形形色色) 화사한 잎과 꽃
사사무애(事事無碍)의 화장세계 열리네.

선자(扇子)바위

사자의 선풍
영축산이 풍비박산

여보게 과객
내가 뭐로 보이는가
부채로 보인다고
모퉁이 살짝 돌면 찬 바람 만날걸

잘 봐
눈 크게 뜨고 봐
호랑이로 보이지 않나
싸늘한 호풍(虎風)에 탐착심 싹 버리고

금강계단 오르기 전
통도천 청량수에
찌든 마음 말끔히 씻고
보궁참배 하시게.

동안거 해제

경자년 동안거 해제
구순(九旬) 겨울잠 깨는 날
치의(緇衣) 속 푸른 눈동자
우수(雨水)에 삭발(削髮)하고

활짝 핀 매화 향기
허공에 가득하듯
미생겁(未生劫) 전 미소
법계(法界)에 충만하니

통도천에 언제 얼음 얼었던가
명경수(明鏡水)에 청산이 놀고
무심한 백운 쉼 없이 떠가는데
한가롭게 노니는 백로(白鷺)

산문 나서는 선객
훨훨 날아가는 네 활개
무풍한송로(舞風寒松路) 지나면
솔향 머금은 미소를 피우리라.

있는 그대로

잎이 피면
봄이 온 듯
잎이 지면
가을인 듯

뼈만 남은 나무
겨울도 마다하지 않고
눈보라 몰아쳐도
늠름함 그대로

좋아할 것 따로 없고
싫어한들 무슨 상관
한마음 나뭇가지처럼
계절 따라 꽃피우리.

들꽃

겨우내
가랑잎 덮고
흙 속에 묻혀
흔적 없더니

따스한 햇볕
차가운 봄비
감미로운 봄바람에
얼굴 내민 야생화

아침 이슬에
꽃단장하고
활짝 미소 짓는
아름다운 야생화.

마음의 향기(心香)

마음에 피어나는 향기
거울에 비치는 달이
눈가로 전해진 미소

들꽃의 향기는 마음에 담고
그 마음은 마음으로 전하여
기쁨의 인연이기를 기원드리며.

할 수 있어요

나는 믿어요
어떤 일이든 할 수 있어요
가고자 하는 길은 어디에나 있으니까요

걸을 수 있고
볼 수 있고
들을 수 있으니까요

마음에 변함없는
반야의 광명
연꽃 향기가 있으니까요

어떤 역경(逆境)도
극복할 수 있는
인욕바라밀이 있으니까요

볼 수 있음에 감사하고
들을 수 있음에 감사하고
어떤 일이든 할 수 있습니다.

163

틈 사이로

자세히 보면 안다
울타리 넘어
보랏빛 미소
아침 이슬 머금은
철쭉

삼월 초하루 아침
통도사 시탑전
울타리 틈 사이로
살짝 보이는
철쭉을 보면서.

왕매청향(王梅淸香)

王梅淸香
王梅三際不賣香
淸寒鐵骨生瑞氣
一露如玉韓日滿
藝聲微笑覺萬世

거룩한 매화여! 어떠한 세상에도 그 향기 강인하여라
청아하고 냉철함이 철골에서 피어나는 상서로운 기상이로세
이슬같이 맑은 옥구슬 한국과 일본에 가득 채우고
예술의 소리 잔잔한 미소 천만년 길이길이 세상 깨우리.

귀향(歸鄕)

화려했던 순간
짜릿한 향기
허공에 펼친 미소

아침 햇살
서천의 황금물결
어둠에 묻혀 가듯

꽃잎 떨어져
고향 가는 길
쓸쓸하지 않으리.

석공(石工)의 미소

돌의 미소
돌부처가 웃는다
돌의 마음인가
석공의 마음인가

돌도 본래 무심이요
석공 또한 무심일 뿐
돌부처 마주친 시선에

미소 띄우는 마음

고요한 미소
그대로
그대로
지니소서.

평산 갯가에서

석양 거두어 가는 바다
잔물결 은빛으로 빛나고
한가히 노니는 조각배
작은 숨소리 귓가에 어리네.

여시아문

보이는 대로
들리는 대로
맑은 물 그대로
밝은 하늘 그대로

가질 것 없고
버릴 것 없어

허공처럼
담아도 소유할 것 없고
거울처럼
밝아도 남길 것 없네

법계자성 일체가
오직 이대로일 뿐이로세.

일시(一時)

과거도 아니요
현재도 아니요
미래도 아니다

그냥 바로 그때
허공에 점 찍은들
흔적이 있겠는가

바람이 잠잠하니 물이 고요하고
맑은 호수에 밝은 달이 놀고
꽃을 보니 눈빛이 향기로워라.

싸리꽃 미소

산자락에 불그스레
초여름 아침 화사한 단장
시선 머물게 하는 싸리꽃

살구나무 목탁
싸리나무 목탁채
부처님 미소 보이네

싸리나무 채반
노랗게 익은 살구 담아
툇마루에 놓던 옛 추억.

佛

사람도 아니요
神도 아니나
묘용이 자재하고
隱現이 무애라

본원이 청정하여
당초에 시비할 것 없고
본래 相이 없으니
오감에 걸림 없어라

찾으려면 유무에 걸리고
證悟하면 無不見이나
應現하면 공덕이 무량하니
만세만세 만만세로세.

딱새

며칠 전부터
딱새 한 쌍 찾아와
창틀에 둥지를 지었네

어미 딱새가 알을 품고
아빠 딱새는 경호를 하며
눈도 깜짝 않고 둥지를 지키네

머리가 보이고 두 눈만 초롱초롱
어제는 몸도 조금 꼬리도 조금 보이더니
오늘은 어미가 잠시 자리를 비우고

궁금증에 재빨리 발판을 밟고 넘겨다 보니
갓 깨어난 아기 딱새 다섯 마리
먹이를 기다리며 노란 입을 힘껏 벌리네

아기같이 작은 딱새 한 쌍
다섯 마리 아기 딱새 잘 키우고
건강하게 자라기를 잠시 기도하네

푸른 숲을 사랑하고
넓은 창공을 날며
자연의 정토에서
행복하게 살지어다.

고마운 친구

내 작은 창가에
달빛 찾아오면
마주 앉아 추억을 나누고

내 닫친 창문에
햇빛 노크하면
생명의 실상을 노래하고

내 방문 활짝 열어
시원한 바람 맞아들여
마당에 핀 연꽃 향기 머금어 보리

어두운 밤 창틈으로
들려오는 시냇물 소리
자장가 되어 가만히 잠드네.

무명(無名)

언제 있었던가
말도 없었고
문자도 없었는데

누가 만들었는가
분별의 의식
차별의 생각

따지자는 것 아니었는데
왜들 시비하는가
그저 이름인걸

맑은 하늘을 보라
한 생각 일어나기 전
무엇이 보이는가.

무소유(無所有)

가진 것 없어
두려울 것 없고
아는 것 없어
시비할 것 없네

텅 빈 하늘
밝은 태양이 빛나고
맑은 호수
둥근 달이 노니네

자성청정의 반야
만상에 걸림 없고
몰현금 장단에
무위락을 노니네.

벽송사 미인송(美人松)

지리산 맑은 바람
눈보라 찬서리
꿋꿋이 견디고
긴 목 뽑아
천왕봉 마주하면서
부용의 미소를 띄우네.

숲속 미인

풀숲에 내민 봉우리
우주의 향기 머금고
금새 터질 것만 같더니
해그름에 터졌네

날씬한 몸매
꾸밈없어도 빼어난
천상의 미인
활짝 펼친 자태여

백의관음의 화신
무연자비의 미소
우주법계에 충만하고
반야의 향기 넘치네.

바로 지금

시간은 찰나도 멈추지 않는다
바로 지금 보이지 않고 슥 통과한다
기다리는 어리석음 갖지 말라

꽃이 핀다고 좋아하는 순간
꽃은 이미 시들고 있다는 사실
생명의 세포는 오로지 변화할 뿐이다

행복은 기다린다고 오지 않는다
바로 지금 공덕을 지어야 한다
씨앗도 뿌리지 않고 무엇을 기다리랴

꽃처럼 부지런하자
베푸는 순간 행복하리라
기다림은 탐욕일 따름이다.

집착은 부패다

잠시도 머물지 말자
멈추는 시점부터 썩기 시작한다

짐이 무겁거든
지체 없이 내려놓아라

가져서 좋은 것은 마약이다
오래 지니려고 할 때 치고 나간다.

재사위국(在舍衛國)

축복의 땅
서기(瑞氣) 충만하여라

평화의 성(城)
미소가 넘쳐나도다
풍요로운 거리
즐거운 가락이 넘실거리네

진여의 세계
청정한 감로수가 샘솟고
반야의 자성
모든 생명 행복하기를.

탐착심의 끝자락

세상에서 가장 강한 불길은
끝을 모르는 탐착심

세상에서 가장 큰 창고는
채워도 채워도 채워지지 않는 탐착심

세상에서 가장 험난한 길은
종착점이 없는 탐착 길

세상에서 가장 허망한 꿈은
자기의 분수를 모르는 탐착 꿈

아무리 버리려고 해도
버려지지 않는 탐착심

오직 하나의 길 무아의 체득
무소유의 실현만이 해탈의 길이다.

깨어나라

똑닥!
데굴데굴
아!
도토리가 머리에
히!

벌써 알밤이
이미
가을이 왔구나
깨어나라
미련 없이 버리고 떠나는 도리?

추석 달

님 그리울 때는
가을밤 환한 얼굴
무심히 비치는 미소
한가위 달을 보소서

마음이 외로울 때는
창문을 활짝 열고
가만히 다가오는
달빛에 안겨 보소서

고요한 연못에 노니며
연꽃 향기 실어다 주는
시원한 가을바람
가만히 단전에 담아 보소서.

193

새벽달

앞산 솔잎 사이로
피어오르는 저녁달
점점 드러난 노오란 쟁반
합장하고 비는 마음
비추는 곳마다 자비의 광명되소서

검푸른 뒷산 숲으로
떨어지듯 다가가는 새벽달
차갑게 바라보는 눈길
가을바람에 낙엽 편지 띄우며
무심한 미소 날리네.

금목수 향기

온 도량에 가득
금목수 향기
은목수 향기

얼마나 많은 향수를 뿌리고
얼마나 위대한 원력을 담아
이처럼 거룩할 수 있을까

황금향 가을 햇살에 타고
백은빛 가을바람에 날려
그윽한 미미소 눈가에 피어나네.

바람처럼

걸림 없이 살자
바람처럼 시원하게

아낌없이 베풀자
모든 생명 사랑하는 바람처럼

잎 피우고 향기 날 듯
머물지 않은 바람 같이

무애가를 노래하자
걸림 없는 바람처럼.

적정의 자성

가을 하늘처럼 높고
가을 호수처럼 맑게
바위같이 묵직하게
바람같이 시원하게 살자

가을 낙엽처럼 미련 없이
노송처럼 서둘지 말고
시드는 꽃잎처럼 서러워 말고
뜬구름처럼 넉넉하게 살자

자연은 본래 공적(空寂)하여
만물을 늘 새롭게 하며
심성은 깊이를 알 수 없으니
모든 생명을 즐겁게 할 수 있다네.

생멸무상(生滅無常)

지지 않는 꽃 없고
떨어지지 않는 잎 없네

과일도 익으면 떨어지듯
모든 생명 멸하지 않는 것 없네

가는 세월 붙잡을 수 없고
지는 해 잡을 수 없네

생멸은 변화의 과정
아침과 저녁 둘이 아닐세.

차꽃(茶花)

설레며 만나는 인연
기다려 주는 만남
비바람 고이 맞으며
천둥 번개도 서러워 않고

하얀 꽃 고운 수술
늘 푸른 잎에 기대어
동그란 열매 맺으며
꽃 필 때까지 기다리다

익어지는 차 열매
꽃과 열매가 만나는
차 나무의 애틋한 소식
작설차 향기로 찾아보세.

203

새벽 눈썹달

팔월 그믐달
예쁜 눈썹달
한가위 둥근 달
실눈썹 속으로 사라져 간다

먼동이 트면
너마저 볼 수 없으리
내일 초저녁
구월 초승달로 만나겠지

달은 무심하여
초승 그믐이 없는데
오늘따라 유난히 빛나는
눈썹달에 내 마음 실어 보네.

독버섯

맑은 물 머금고
시원한 바람 받으며
깨끗한 흙에서 자라는
화려한 단장
향기로운 향기

보기에는 아름답지만
믿기지 않는 독버섯
곳곳에 미세한 균으로
유혹의 미소와 향기
내 마음 탐착도 저와 같으리.

달빛

번갯불에 놀라 깨어지고
돌사자 우렛소리 단잠 설치고
들국화 피는 가을 햇살
금시조 眼光이런가

어허
초생달 피리 소리
보이차 향기 머금고
태평가 불러보세.

가을 하늘

가을 하늘처럼
높고 푸른 마음
가을 국화꽃처럼
순수하고 향기로운 마음

천지와 더불어 사랑하고
만물과 함께 기뻐하는 마음
자연의 다양성 풍요롭고
모든 생명 두려움 없는 베풂

가을 아침
동녘 하늘
가슴을 활짝 펴고
한아름 안아 보자.

푸른 바다를 보며

하늘과 맞닿은 푸른 바다
은비늘 반짝이는 광활한 벌판
갈매기 자유롭게 노닐고
바다 물결 유유히 떠가는 배

모든 생명의 마음
대자연의 자성 다름없으련만
마주 보며 더불어 사는 인간만이
색성(色聲)에 물들어 고해(苦海)에서 허덕일 뿐.

무심(無心)

산이 솟아도
초목총림 펼쳐도
본래 구족한 만행 다함 없어라.

211

가을밤

버리자
버려 버리자
미련 없이 던져 버리자

애착하지 말고
늦어질수록 후회하리라

아름다운 꽃
푸르던 나뭇잎
떨어지지 않는 것이 없다

가을밤 별빛처럼
낙엽 지는 소리 들어보라.

무상송(無相誦)

날 없는 칼로
뿌리 없는 나무를 잘라 버리고
머리 없는 목마를 거꾸로 타고
모양 없는 산을 뛰어넘어라

물 없는 바다 밑
줄기 없는 산호에 담복화(薝蔔華) 만발하고
발 없는 나귀가 뛰어노는데
소리 없는 장단이 환희로워라

어허 좋을시고
천하태평 호시절이로세.

추상(秋想)

십일월 첫날
푸르던 철쭉
어느새 빨갛게 물들고

돌방울 부처
함박꽃 감춘 마른 잎사귀
묵연히 마주 보고

우뚝 선 느티나무
메마른 수국꽃
가을 햇살에 무상가 띄우네.

수세미

노오란 수세미꽃
고운 살결 보살의 손길
찌든 때 씻어내는 엄마의 마음

파아란 수세미
대롱대롱 자성 줄에 매달려
성장하는 원력 보살

찬서리 맞고
행주로 태어나
청정 세상 실현할 거룩한 염원.

허허 웃자

세상사 모두가 꿈이로다
꿈에 먹은 사과 맛
꿈 깨고 입맛 다시나

과거는 꿈속 같은 것
꿈에 싸웠다고
꿈 깨고 시비할 건가

부질없는 세상사
숨 한번 후련히 내쉬고
미소 짓게나.

219

두타행(頭陀行)

출가 본분사
비우고 비워서
탈탈 털어버리고
공수래(空手來) 본자연(本自然)으로
돌아가는 것일세

무엇을 탐하고
무엇을 구(求)하랴
세 치 앞도 모르는 것을
적적요요(寂寂寥寥) 본면목(本面目)인데
토끼 뿔 찾기로다.

221

인생 길

해마다 반복되는 가을
반복이 아닌 길
모든 생명 가야 하는 여정

푸른 잎이 붉게 물들어
낙엽 되어 떨어지는 계절
누구나 외면할 수 없는 길

그러나 자연은 늘 아름다운걸
인생의 탐착심 버리면
차별 없는 세상이리라.

영축산 미소

영축산 통도사
적멸보탑 미소
영축산 유난히 붉던 단풍
동짓달 열흘날
화장세계를 활활 태우고
삼천대천 법계가 밝아졌네

영축산 중봉에 빛나는 서광
자성의 언덕 반야의 깃발
자장동천에 태평가 울리고
구룡연못에 눈먼 용이 번쩍

화장찰해에 풍악이 충만하니
팔만사천 무진법장이 활짝 열리고
억조창생이 반야의 언덕에 올라
무여열반의 노래로 찬탄하도다.

영축산 조계의 연꽃이 피고
화엄회상 우담발화가 만발했네
통도총림 자장매향 가득한데
통도천 영산회상곡 찬연하고
통도 학춤이 너울너울
참 좋다!

바보처럼

부끄럼 없이 살자
후회하지 말고
지난 일을 거울삼아
허물없이 살자

산만하지 않게
서둘러 허둥대지 말고
깨어있는 마음으로
기다리지 말자

텅~ 비워 버리자
반야의 자성이 드러나게
생사의 삶에 걸림 없이
탐욕심 없는 무미소로 살자.

운부암선원

八公山上生瑞氣
雲浮禪香寂滅法
銀海深宮珊瑚笛
靈山石獅參祚陀

팔공산 상 서기가 서리더니
운부암 선원 적멸의 법향이로세
은빛 바다 용궁 산호 피리 곡조에
영산회상 돌사자 참 좋다 춤추도다.

동지(冬至)

그늘(陰)의 극점(極点)
양기(陽氣)의 전환점
음양오행 조화로움
우주 생태계의 쾌도

붉은 팥죽 어둠을 쫓고
하얀 새알심 태양의 상징
팥죽 한 그릇 나이테 하나
생성의 기상으로 심지(心智)를 찾자

천지건곤의 음양
좌우양변의 일신(一身)
일체 생명은 하나의 뿌리
만물은 나와 일체인 것을

동지와 하지 극점은 다르지만
자정과 정오는 쌍존의 극점
붉은 정열을 일으켜
밝은 마음 반야의 세계로.

231

6부

놓아버리자

마음의 향기

구름 속에 달
눈으로 볼 수 없고
호수에 뜬 달
손으로 잡을 수 없네

연뿌리 속 연꽃
눈으로 찾을 수 없고
겨울 매화 나뭇가지
매향(梅香)에 취할 수 없네

구름 걷힌 달빛
산하(山河)에 완연하고
붉게 핀 매화 향기
심연(心淵)에 그윽하여라.

파랑새 되어

파아란 하늘 헤치고
푸른 물결 깨우며
연꽃 피우고 오네
관음의 화신이여

하아얀 구름 타고
푸른 대숲 사이로
홍련화 피우고 오네
자비의 법신이여

어두운 무명 깨우는
붉은 마니주 물고
천수천안 행원 베푸는
파랑새 되어 날으리.

壬寅 讚歌

北海石虎寅時喝
南極木牛打金鼓
金烏飛翔蒼空遊
玉兔詠誦千江澄

북해에 돌호랑이 새벽을 여니
남극에 나무소가 쇠북을 울리네.
금가마귀는 푸른 하늘에 놀고
옥토끼는 천강에서 노래하네.

238

내가 가야 할 길

땅에서 넘어진 자
땅을 짚고 일어나라

흙에서 태어난 자
흙으로 돌아가리

땅을 딛고 살아가는 생명
돌아갈 곳 어디뇨

흙이 썩으면 어디로 가나
내 몸도 함께 썩어가리

이 몸 태어난 곳 누가 섬기겠는가?

눈썹

섣달 그믐날 밤
불을 끄지 마라
잠든 사이에 눈썹이 희어질라

어리석었던 일
자정 전에 지워버리고
새벽별 지기 전에
지혜의 등불을 밝혀라

마귀할머니 어둠을 타고
몰래 와서 얼굴 더듬고 가면
눈썹이 희어진다네

집안 구석구석
어둠 들이지 못하게
등불을 밝히고
정신 바짝 차려라.

광명진언
옴 아모카 바이로 차나 마하 무드라 마니 파드마 즈바라
프라바를 타야 훔(3번)

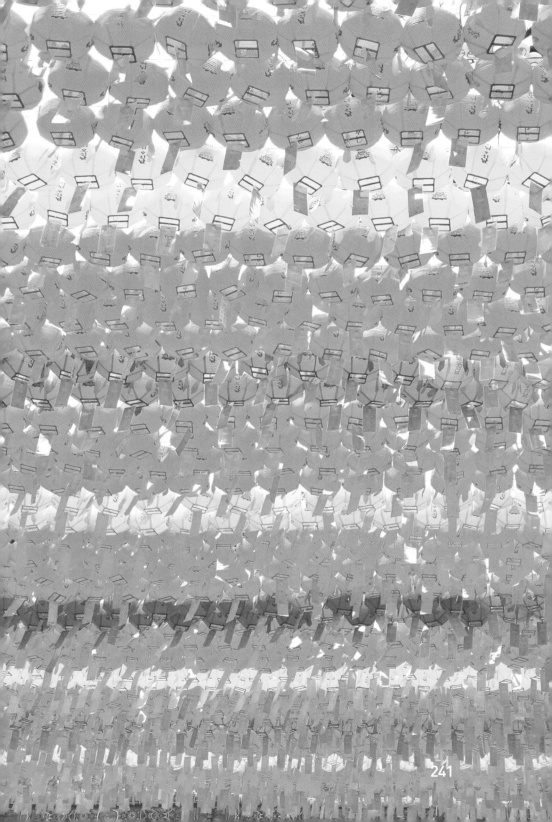

242

놓아버리자

산속에 숨어도
피할 수 없고
바다 깊이 감추어도
숨길 수 없네

인과는 피할 수 없고
업력은 숨길 수 없으나
아상을 죽이면
일체 결박 없으리.

저자소개

법산경일 스님

1945년 경남 남해생. 15세에 남해 망운산 화방사로 출가. 덕산화상을 은사로 염불과 교학을 수학. 통도사 극락암 경봉대선사를 법사로 입실건당. 동국대학교 인도철학과 학부 · 석 · 박사과정을 이수. 대만 중국문화대학 철학과 박사과정 졸업(문학박사). 1986년 3월부터 2011년 2월까지 동국대 학교 불교대학 선학과 교수로 재직하면서 불교대학장. 불교대학원장. 정각원장. 불교문화연구원장 역임. 보조사상연구원장. 한국인도철학회장. 정토학회장 등 역임. 동국대학교 제40대 이사장 역임. 현재 동국대학교 명예교수. 동방문화대학원대학교 석좌교수, 동산반야회 법주, 조계종 법계위원회 위원장. 영축총림 통도사 선덕으로 수행하고 있다.

나는 어디로 가나

2025년 4월 25일 초판 1쇄 인쇄
2025년 4월 30일 초판 1쇄 발행

지은이 법산경일 스님
펴낸이 진욱상
펴낸곳 백산출판사
사 진 법산경일 스님
교 정 박시내
본문디자인 오정은
표지디자인 오정은

저자와의
합의하에
인지첩부
생략

등 록 1974년 1월 9일 제406-1974-000001호
주 소 경기도 파주시 회동길 370(백산빌딩 3층)
전 화 02-914-1621(代)
팩 스 031-955-9911
이메일 edit@ibaeksan.kr
홈페이지 www.ibaeksan.kr

ISBN 979-11-6639-527-7   03810
값 20,000원